Maria Grau

EL DRAC QUE *no tenia foc*

Dibuixos de Quim Bou

Edicions del Pirata

Una vegada hi havia un petit drac
que es deia Pasqual i vivia
en un llunyà planeta.

UNA VEGADA HI HAVIA UN PETIT DRAC
QUE ES DEIA PASQUAL I VIVIA
EN UN LLUNYÀ PLANETA.

En Pasqual sovint estava trist
perquè no tenia foc i no podia jugar
a cremar pilotes, que era
l'esport nacional.

EN PASQUAL SOVINT ESTAVA TRIST
PERQUÈ NO TENIA FOC I NO PODIA JUGAR
A CREMAR PILOTES, QUE ERA
L'ESPORT NACIONAL.

Un dia de tempesta que s'avorria molt,
es va agafar a un lluminós llampec
i va baixar fins a la Terra.

UN DIA DE TEMPESTA QUE S'AVORRIA MOLT,
ES VA AGAFAR A UN LLUMINÓS LLAMPEC
I VA BAIXAR FINS A LA TERRA.

Va caure prop d'Olot, xop de cap a peus,
i, tremolant, es va amagar
sota un arbre.

VA CAURE PROP D'OLOT, XOP DE CAP A PEUS,
I, TREMOLANT, ES VA AMAGAR
SOTA UN ARBRE.

De mica en mica va parar de ploure i,
amb la llum de les estrelles,
va veure un grup de nens
que encenien una foguera.

DE MICA EN MICA VA PARAR DE PLOURE I,
AMB LA LLUM DE LES ESTRELLES,
VA VEURE UN GRUP DE NENS
QUE ENCENIEN UNA FOGUERA.

Quan tot van ser brases,
es van posar a torrar castanyes.
I quina bona olor que feien!

QUAN TOT VAN SER BRASES,
ES VAN POSAR A TORRAR CASTANYES.
I QUINA BONA OLOR QUE FEIEN!

Això va ser massa!
En Pasqual s'hi va acostar,
els va demanar si podia escalfar-se
i els va explicar la seva història.

AIXÒ VA SER MASSA!
EN PASQUAL S'HI VA ACOSTAR,
ELS VA DEMANAR SI PODIA ESCALFAR-SE
I ELS VA EXPLICAR LA SEVA HISTÒRIA.

Després de molt pensar,
van tenir una idea:
a Olot hi ha volcans,
i els volcans tenen foc!

DESPRÉS DE MOLT PENSAR,
VAN TENIR UNA IDEA:
A OLOT HI HA VOLCANS,
I ELS VOLCANS TENEN FOC!

L'endemà els nens van fer
una trena llarguíssima
amb els llençols dels seus llits
i en Pasqual va baixar
a buscar foc dins d' un volcà.

L'ENDEMÀ ELS NENS VAN FER
UNA TRENA LLARGUÍSSIMA
AMB ELS LLENÇOLS DELS SEUS LLITS
I EN PASQUAL VA BAIXAR
A BUSCAR FOC DINS D' UN VOLCÀ.

Molt feliç, després d' una altra tempesta,
va pujar a l'Arc de Sant Martí
i va tornar al seu planeta.

MOLT FELIÇ, DESPRÉS D' UNA ALTRA TEMPESTA,
VA PUJAR A L'ARC DE SANT MARTÍ
I VA TORNAR AL SEU PLANETA.

Però diuen que cada any,
per Tots Sants, torna a veure
els seus amics i els torra moniatos
i castanyes amb el seu alè de foc.

PERÒ DIUEN QUE CADA ANY,
PER TOTS SANTS, TORNA A VEURE
ELS SEUS AMICS I ELS TORRA MONIATOS
I CASTANYES AMB EL SEU ALÈ DE FOC.

ELS NENS VAN AJUDAR EN PASQUAL
EN VEURE QUE HO NECESSITAVA.
I TU, JA HO FAS?

1a. edició: febrer de 2012
...
7a. edició: maig de 2020

La Costa, 74
08023 - Barcelona

ISBN: 978-84-96569-93-5
Dipòsit legal: GI-7/2012
Imprès a Catalunya

El paper utilitzat en aquest llibre procedeix de fonts responsables.